Das magische Baumhaus

Band 60

Die Spur des Schneeleoparden

Alle **Baumhaus-Bände** auf einen Blick:

Bd. 1: Im Tal der Dinosaurier
Bd. 2: Der geheimnisvolle Ritter
Bd. 3: Das Geheimnis der Mumie
Bd. 4: Der Schatz der Piraten
Bd. 5: Im Land der Samurai
Bd. 6: Gefahr am Amazonas
Bd. 7: Im Reich der Mammuts
Bd. 8: Abenteuer auf dem Mond
Bd. 9: Der Ruf der Delfine
Bd. 10: Das Rätsel der Geisterstadt
Bd. 11: Im Tal der Löwen
Bd. 12: Auf den Spuren der Eisbären
Bd. 13: Im Schatten des Vulkans
Bd. 14: Im Land der Drachen
Bd. 15: Insel der Wikinger
Bd. 16: Auf der Fährte der Indianer
Bd. 17: Im Reich des Tigers
Bd. 18: Rettung in der Wildnis
Bd. 19: Abenteuer in Olympia
Bd. 20: Im Auge des Wirbelsturms
Bd. 21: Gefahr in der Feuerstadt
Bd. 22: Verschollen auf hoher See
Bd. 23: Das Geheimnis des alten Theaters
Bd. 24: Den Gorillas auf der Spur
Bd. 25: Im Land der ersten Siedler
Bd. 26: Abenteuer in der Südsee
Bd. 27: Im Auftrag des Roten Ritters
Bd. 28: Das verzauberte Spukschloss
Bd. 29: Das mächtige Zauberschwert
Bd. 30: Im Bann des Eiszauberers
Bd. 31: Sturmflut vor Venedig
Bd. 32: Der gestohlene Wüstenschatz
Bd. 33: Geheimauftrag in Paris
Bd. 34: Das verwunschene Einhorn
Bd. 35: Angriff des Wolkendrachen
Bd. 36: Der geheime Flug des Leonardo
Bd. 37: Das Ungeheuer vom Meeresgrund
Bd. 38: Das verborgene Reich der Pinguine
Bd. 39: Die geheime Macht der Zauberflöte
Bd. 40: Piratenspuk am Mississippi
Bd. 41: Gefangen im Elfenwald
Bd. 42: Geister in der Nebelnacht
Bd. 43: Das Gift der Königskobra
Bd. 44: Lawinenhunde im Schneesturm
Bd. 45: Die Feder der Macht
Bd. 46: Pandas in großer Gefahr
Bd. 47: Im Bann des schwarzen Hengstes
Bd. 48: Das Geheimnis des Zauberkünstlers
Bd. 49: Abenteuer im Tal der Könige
Bd. 50: Das beste Fußballspiel aller Zeiten
Bd. 51: Der König der Mayas
Bd. 52: Wettlauf der Schlittenhunde
Bd. 53: Das Tor zur Dracheninsel
Bd. 54: Das große Spiel
Bd. 55: Helden im Hurrikan
Bd. 56: Der römische Spion
Bd. 57: Narwal in großer Gefahr
Bd. 58: Das verborgene Reich der Inka
Bd. 59: Rettungsmission im Naturpark
Bd. 60: Die Spur des Schneeleoparden
Bd. 61: Das Geheimnis der Nashörner
Bd. 62: Notfall auf der Schildkröteninsel

Das magische Baumhaus

Mary Pope Osborne

Die Spur des Schneeleoparden

Aus dem Amerikanischen
übersetzt von Sabine Rahn

Illustriert von Petra Theissen

Band 60

Loewe

Für Gerard „GG" Garvey

FSC
www.fsc.org
MIX
Papier | Fördert gute Waldnutzung
FSC® C014496

ISBN 978-3-7432-1522-1
2. Auflage 2024
erschienen unter dem Originaltitel *Sunlight on the Snow Leopard*

Erschienen in der Original-Serie Magic Tree House™
Magic Tree House™ ist eine Trademark von Mary Pope Osborne,
die der Originalverlag in Lizenz verwendet.
Veröffentlicht mit Genehmigung des Originalverlags,
Random House Children's Books,
a division of Random House, LLC.

Aus dem Amerikanischen übersetzt von Sabine Rahn
Umschlagillustration: Jutta Knipping
Innenillustrationen: Petra Theissen
Umschlaggestaltung: Elke Kohlmann
Druck und Bindung: GGP Media GmbH,
Karl-Marx-Straße 24, D-07381 Pößneck

www.dasmagischebaumhaus.de
www.loewe-verlag.de

Inhalt

Wie alles anfing

Eines sonnigen Tages tauchte ein geheimnisvolles Baumhaus im Wald von Pepper Hill in Pennsylvania auf. Es war voller Bücher. Ein Junge namens Philipp und seine Schwester Anne entdeckten dieses Baumhaus. Sie fanden schnell heraus, dass Zauberkräfte darin schlummerten und dass sie damit nicht nur an jeden Ort in der Welt, sondern auch kreuz und quer durch die Zeit reisen konnten. Sie mussten nur auf ein Bild in einem der Bücher deuten.
Während sie mit dem Baumhaus unterwegs waren, blieb die Zeit in Pepper Hill für sie stehen.

Irgendwann erfuhren Philipp und Anne, dass das Baumhaus der Zauberin Morgan gehörte. Sie war Bibliothekarin am Hof von Camelot, im sagenhaften Königreich des berühmten Königs Artus.

Mittlerweile haben Anne und Philipp schon viele abenteuerliche Reisen mit dem magischen Baumhaus unternommen und im Auftrag von Morgan zahllose aufregende Abenteuer bestanden.

Bei ihren letzten Reisen haben Philipp und Anne die Bekanntschaft einiger erstaunlicher Lebewesen gemacht: mit einem Narwal, einem Lama und einem Grizzlybären.

Jetzt brechen sie zu einer weiteren Reise auf, bei der die beiden ein weiteres Mal die Wunder der Natur erforschen …

Ein Regentag

Es war ein nasser und frostiger Wintertag. Es regnete.

Philipp saß auf der Veranda vor dem Haus und schrieb aus einem Buch einige Fakten über Grizzlybären in sein Notizbuch.

Anne stand an der Tür. „Ah, hier bist du!“, sagte sie.

„Genau, hier bin ich“, murmelte Philipp und schrieb weiter.

„Es regnet“, bemerkte Anne.

„Mmhhmm!“, machte Philipp.

„Tag für Tag!“, sagte Anne. „Das ist so was von öde!“

„Mhhmh“, erwiderte Philipp.

„Wollen wir was zusammen machen?“, schlug Anne vor.

„Nö“, antwortete Philipp.

„Wir könnten Schlammkuchen backen!“, meinte Anne.

„Könnten wir“, sagte Philipp, ohne den Blick zu heben.

„Oder wir helfen Regenwürmern über die Straße“, sprudelte Anne weiter.

„Das klingt super“, meinte Philipp.

„Oder wir gucken uns Regentropfen unter dem Mikroskop an“, lockte Anne ihren Bruder.

„Hey, ich höre Mama nach dir rufen!“, sagte Philipp.

„Sehr witzig“, grummelte Anne.

„Echt jetzt!“, beharrte Philipp. Er hielt sich die Hand vor den Mund und ahmte dann die Stimme ihrer Mutter nach: „An-ne!“

Anne lachte. Sie kam raus auf die Veranda und sah dem Regen zu. „Hey!“, sagte sie einen Augenblick später. „Ich habe wirklich etwas gehört. Es war nicht Mama und du warst es auch nicht.“

Philipp blickte auf. „Du veräppelst mich jetzt, stimmt's?“

„Nein! Ganz im Ernst!“, versicherte Anne. „Es ruft uns!“

„Oh Mann“, sagte Philipp. „Das letzte Mal, als es hier war, hattest du auch recht.“ Er klappte sein Notizbuch zu und stand auf. „Okay, du hast es geschafft!“

„Jippie!“, rief Anne und verschwand im Haus. „Mama! Papa! Philipp und ich machen einen Spaziergang.“

„Okay, aber bitte seid in zwanzig Minuten wieder zurück, wir essen heute früh zu Abend!“, rief ihre Mutter.

„Zieht euch Regenjacken und Gummistiefel an!“, ergänzte ihr Vater.

Einen Moment später kam Anne mit zwei leuchtend gelben Regenjacken und zwei Paar Gummistiefeln zurück. Philipp und sie zogen sich an.

Philipp steckte einen Stift und das Notizbuch in seine Tasche. Dann verließen die Geschwister die Veranda. Sie rannten über den matschigen Hof und planschten durch Pfützen auf dem Bürgersteig. Autos zischten durch den Regen an ihnen vorüber.

Philipp und Anne wechselten die Straßenseite und liefen in den Wald von Pepper Hill. Sie liefen auf dem feuchten Weg zwischen den kahlen Bäumen, bis sie zur höchsten Eiche des Waldes gelangten.

„Siehst du? Ich habe es gehört!“, sagte Anne.

„Echt wahr, du hast recht!“, bestätigte Philipp.

Das magische Baumhaus war wieder da. Es saß ganz oben in den höchsten Zweigen.

Anne ergriff die Strickleiter und fing an zu klettern. Philipp war ihr dicht auf den Fersen.

Im Baumhaus war es klamm. In einer Ecke lag ein kleines Büchlein. Anne hob es auf.

„Es ist ein Reiseführer!“, jubelte sie.

„Cool! Wohin reisen wir?“, wollte ihr Bruder wissen. „Ich hoffe, dort ist es warm und sonnig!“

„Vergiss es!“, erwiderte Anne und hielt das Buch in die Höhe. Auf dem Umschlag sah man schneebedeckte Berge. Der Titel war: *Wandern in Nepal*.

„Mist“, dachte Philipp.

Er hatte die Nase voll von Kälte und Regen!

„Nepal? Wo ist das eigentlich?", wollte Anne wissen.

„Ganz genau weiß ich das auch nicht", antwortete Philipp. „Aber es liegt im Himalaja, da wo der Mount Everest ist. Das ist der höchste Berg der Welt!"

Anne schlug den Reiseführer auf. Vorn war eine Karte drin. „Da!", sagte sie und deutete auf ein kleines Land, das zwischen Indien und China eingezeichnet war.

„In dem Teil der Welt waren wir schon mal", stellte Philipp fest.

„Weiß ich", sagte Anne. „Erinnerst du dich an die Seidenweberinnen in China? Und wie wir in Indien auf Elefanten geritten sind? Und jetzt können wir Wandern in Nepal mit auf unsere Liste setzen!"

„Lass mal nachsehen, ob wir eine Nachricht in dem Buch finden", schlug Philipp vor.

Anne blätterte durch den Reiseführer und ein zusammengefaltetes Blatt Papier fiel heraus.

„Danke sehr, Morgan", rief Anne. Sie hob das Blatt auf und las die Nachricht von Morgan vor.

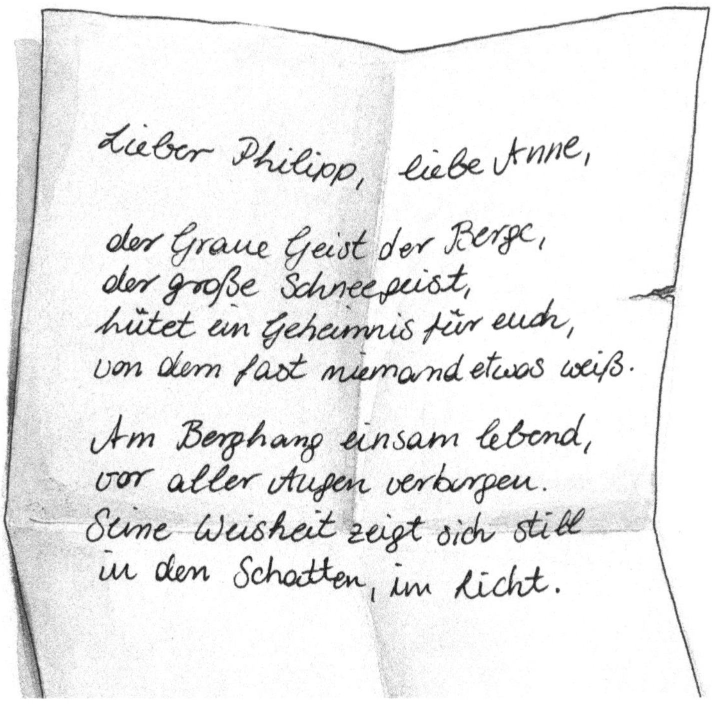

Lieber Philipp, liebe Anne,

der Graue Geist der Berge,
der große Schneegeist,
hütet ein Geheimnis für euch,
von dem fast niemand etwas weiß.

Am Berghang einsam lebend,
vor aller Augen verborgen.
Seine Weisheit zeigt sich still
in den Schatten, im Licht.

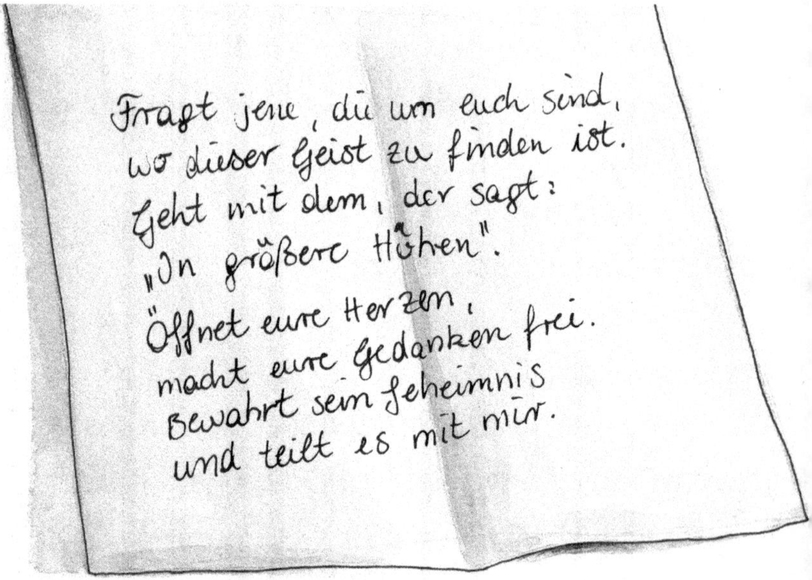

„Der Graue Geist“, wiederholte Anne mit großen Augen.

„Was das wohl bedeutet?“, überlegte Philipp mit gerunzelter Stirn. „Ich schau mal im Buch nach.“ Er blätterte im hinteren Teil des Nepal-Reiseführers. „Da steht leider kein *Grauer Geist* drin.“

Anne las sich die Nachricht noch einmal durch. „Vielleicht sagt Morgan deshalb: *Fragt jene, die um euch sind, wo dieser Geist zu finden ist.* Das klingt ja nicht schwer.“

„Vielleicht nicht ...“, gab Philipp zögerlich zu.

„Bereit?“, wollte Anne wissen.

„Ja, klar ...“, bestätigte Philipp zitternd.

Eine Wanderung bei kaltem, grauem Wetter klang nicht allzu verlockend. Außerdem gruselte er sich tatsächlich ein wenig vor Geistern.

„Beunruhigt dich irgendetwas?“, fragte Anne.

„Nein, mir geht es prima!“, behauptete Philipp.

„Mach dir keine Sorgen“, versuchte Anne ihn zu beruhigen. „Dieser Graue Geist ist wahrscheinlich nur eine Figur aus einer Legende oder einer Geschichte.“

Das erleichterte Philipp gleich ein bisschen. „Okay, dann lass uns mal losgehen.“ Er deutete auf den Umschlag des Nepal-Reiseführers. „Ich wünschte, wir wären dort!“

Wind kam auf.

Das Baumhaus fing an, sich zu drehen.

Es drehte sich schneller und immer schneller.

Dann war alles wieder still.

Totenstill.

Wir grüßen dich

Die Luft in Nepal war kalt und trocken.

„Wahnsinn, unsere Klamotten sehen aus wie aus unserer Zeit“, meinte Anne.

„Stimmt“, sagte Philipp.

Die Geschwister trugen jeweils einen Anorak mit Kapuze, Handschuhe, eine Hose aus Wolle und Mütze sowie Wanderschuhe. Philipps Notizbuch steckte nun in der Tasche seines Anoraks. Auf dem Boden lagen zwei große rote Rucksäcke.

„Hey, die sind ja cool!“, fand Anne. „Was da wohl alles drin ist?“

„Echt cool. Aber wieso sind die so groß?“, wunderte sich Philipp.

Die beiden machten je einen der Rucksäcke auf und sahen hinein.

„Ein zusammengerollter Schlafsack!“, stellte Philipp fest.

„Super!“, sagte Anne. „Dann können wir schlafen, wo wir wollen!“

„Also, wo sind wir hier?“, fragte Philipp.

Die beiden schauten aus dem Fenster des Baumhauses.

Sie waren in einem kleinen Tannenwäldchen gelandet. Außerhalb des Wäldchens sah hier alles sehr karg aus: eine winterlich braune Weide, einsame Steinhütten und baumlose graue Berge.

„Hier ist es aber auch ziemlich trostlos“, meinte Philipp.

„Das kannst du laut sagen!“, sagte Anne.

„Hier ist es aber auch ziemlich trostlos!“, wiederholte er laut.

Die Geschwister lehnten sich aus dem Fenster. Hinter dem Wäldchen floss ein Fluss. Zwei junge Mädchen in roten Kleidern knieten am Ufer und wuschen einen Stapel hölzerner Teller und Schüsseln. Die zwei hatten lange dunkle Haare und lachten beim Arbeiten.

„Die beiden können wir nach dem Grauen Geist fragen!“, schlug Anne vor. „Komm mit, wir klettern runter!“

„Ja, das ist ein Anfang“, stimmte Philipp ihr zu.

Anne steckte die Nachricht von Morgan in die Tasche ihres Anoraks und Philipp verstaute den Reiseführer tief in seinem Rucksack.

Dann kletterten sie die Strickleiter nach unten.

Philipp und Anne verließen das Wäldchen und liefen auf das Flussufer zu.

Als die beiden Mädchen sie sahen, stellten sie das Geschirr zur Seite und standen auf.

Beide pressten die Hände zusammen und beugten den Kopf. „Ich grüße euch!“, riefen sie im Chor.

Anne machte es den beiden Mädchen nach. Sie legte ihre Hände aneinander, senkte den Kopf und sagte: „Wir grüßen euch! Ich heiße Anne und das ist Philipp, mein Bruder.“

„Ich heiße Mina“, stellte sich das ältere der beiden Mädchen vor. „Das ist Fuli, meine Schwester.“

Das jüngere Mädchen lächelte breit und man sah, dass ihre beiden Vorderzähne fehlten.

„Seid ihr Reisende?“, fragte Mina.

„Ja“, antwortete Anne. „Na ja, eigentlich sind wir Wanderer.“

„Kommt ihr wegen des Festes in unser Dorf?“, fragte Mina weiter.

„Nein ... wir wollen hier wandern“, erwiderte Philipp.

„Wir kommen aus Amerika“, erklärte Anne. „Wir suchen den Grauen Geist der Berge. Habt ihr zufällig schon mal davon gehört?“

„Nein, ich leider nicht", bedauerte Mina.

„Sie könnten doch Tenzin fragen", schlug Fuli vor.

„Wer ist das?", wollte Anne wissen.

„Tenzin ist der Geschichtenerzähler bei uns im Dorf", erzählte Mina. „Er kennt alle Geschichten über die Berge!"

„Früher war er Bergführer", berichtete Fuli.

„Genau, Tenzin hat Klettertouren geführt", ergänzte Mina. „Er hat die Ausrüstung getragen und für die Kletterer Tee gekocht. Aber das macht er jetzt nicht mehr."

„Jetzt tut er gar nichts mehr", sagte Fuli mit trauriger Stimme.

„Warum nicht?", fragte Anne nach.

„Er ist zu traurig", erzählte Fuli, „weil er ganz allein zurückgeblieben ist."

Philipp fragte sich, was sie damit wohl meinen könnte.

„Aber es kann gut sein, dass er eine Geschichte über einen Grauen Geist kennt", meinte Mina. „Möchtet ihr ihn besuchen?"

„Na klar“, sagte Philipp.

„Wir bringen euch hin“, bot Mina an.

Die Schwestern räumten schnell ihre sauberen Teller und Schüsseln zusammen und verstauten sie in zwei Bambuskörben. Jede von ihnen schwang sich einen Korb auf den Rücken.

„Warte, sollen wir euch helfen, eure Sachen zu tragen?“, bot sich Philipp an.

„Nein, nicht nötig. Wir tragen jeden Tag schwere Dinge“, sagte Mina.

„Jeden Tag“, bestätigte Fuli mit einem Grinsen.

Es war später Nachmittag und der Himmel war bewölkt. Die beiden Mädchen führten Philipp und Anne über eine Wiese. Trotz ihrer schweren Körbe gingen Mina und Fuli zügig voran.

Philipp und Anne liefen hinterher, vorbei an schwarzen Rindern und grauen Schafen, die auf der braunen Winterweide grasten.

Unterwegs trafen sie andere Leute, die ebenfalls schwere Lasten trugen: Kinder mit großen Bündeln Feuerholz und ältere Leute mit Heubündeln auf dem Rücken.

„Hier scheint jeder ganz schön hart zu arbeiten!", dachte Philipp.

Die beiden Schwestern waren sehr gut gelaunt und lachten miteinander. Und Fuli sah sich unterwegs immer wieder zu Anne und Philipp um und schenkte ihnen ihr zahnloses Lächeln.

Philipp und Anne folgten den beiden Mädchen erst durch vertrocknetes Gras und dann einen steilen Pfad hinauf zu einer kleinen Hütte am Rand des Dorfes. Die Hütte schmiegte sich an den Berg an.

„Tenzin!“, rief Fuli. „Tenzin!“

„Ich bin hier“, erwiderte eine sanfte Stimme vom flachen Dach herab.

„Wir sind es, Mina und Fuli“, rief Mina. „Wir haben zwei Besucher mitgebracht. Können wir raufkommen?“

Tenzin antwortete nicht.

„Wir sehen lieber mal nach ihm“, sagte Mina.

Die beiden Schwestern stellten ihre Körbe ab und kletterten die hölzerne Leiter zu Tenzins Dach hinauf.

Tenzin!

Philipp und Anne stellten ihre Rucksäcke neben die Körbe der beiden Mädchen. Dann kletterten auch sie die Leiter auf das flache Dach hoch.

Tenzin lag in der kühlen Luft auf einer Strohmatratze im Freien. Die Augen hatte er geschlossen.

„Tenzin, geht es Ihnen gut?“, fragte Mina ein wenig besorgt.

„Ja ... prima ...“, erwiderte der Mann und setzte sich mühsam auf.

Philipp war überrascht. Er hatte erwartet, dass ein Bergsteiger kräftig aussehen würde.

Aber Tenzin war klein und dünn und sein Gesicht war voller Falten.

Mina und Fuli legten ihre Hände aneinander und senkten den Kopf. Philipp und Anne taten es ihnen gleich.

„Ich grüße Sie“, sagten sie alle.

Tenzin nickte.

„Das sind Philipp und Anne. Sie sind Wanderer und kommen aus Amerika“, stellte Mina die Geschwister vor.

Tenzin sah sie kaum an.

„Anne und Philipp suchen nach einer Geschichte über einen Grauen Geist“, erklärte Mina.

Tenzin schaute sie prüfend an. „Einen Grauen Geist?“

„Genau“, bestätigte Anne. „Mina meinte, Sie könnten eventuell ein paar Geschichten darüber kennen?“

„Kennen Sie welche?“, fragte Philipp.

Tenzin musterte sie. „Wieso wollt ihr etwas über den Grauen Geist erfahren?“, wollte er wissen.

„Eine Freundin hat uns gebeten, etwas über ihn herauszufinden“, erläuterte Anne. „Sie meinte, wir sollen hier in Nepal herumfragen. Wir haben vermutet, dass er vielleicht zu einer Berglegende gehört.“

„Wir sind einfach nur neugierig“, sagte Philipp, denn er wollte auf gar keinen Fall, dass Tenzin merkte, dass er sich vor Geistern fürchtete.

„Ah, einfach nur neugierig“, wiederholte Tenzin und seufzte. „Nein. Ich fürchte, ich kann euch nicht helfen.“

„Trotzdem vielen Dank, Tenzin“, sagte Mina.

„Wir müssen jetzt nach Hause, um Ama zu helfen. Wir grüßen Sie!"

Mina und Fuli stiegen wieder vom Dach herunter. Philipp begleitete sie, aber Anne blieb noch.

Unten angelangt wandte Mina sich an Philipp: „Ich lade euch ein, mit uns nach Hause zu kommen und unsere Mutter kennenzulernen."

„Ama kümmert sich immer sehr gut um Reisende!", versprach Fuli.

„Super! Vielen Dank!", sagte Philipp.

„Aber wir müssen uns beeilen", drängte Mina. „Wir müssen ihr beim Zubereiten des Abendessens helfen."

Sie und Fuli schwangen sich wieder ihre Körbe auf den Rücken.

„Anne!", rief Philipp erneut. „Wir müssen gehen!"

„Ich komme sofort!", entgegnete Anne ihrem Bruder vom Dach aus.

Sie warteten. Aber Anne kam nicht herunter.

Philipp seufzte. „Ich hole sie!“, sagte er und kletterte die Leiter wieder hoch.

Anne hatte sich neben Tenzin gekniet und hielt die Nachricht von Morgan in der Hand. Sie las vor:

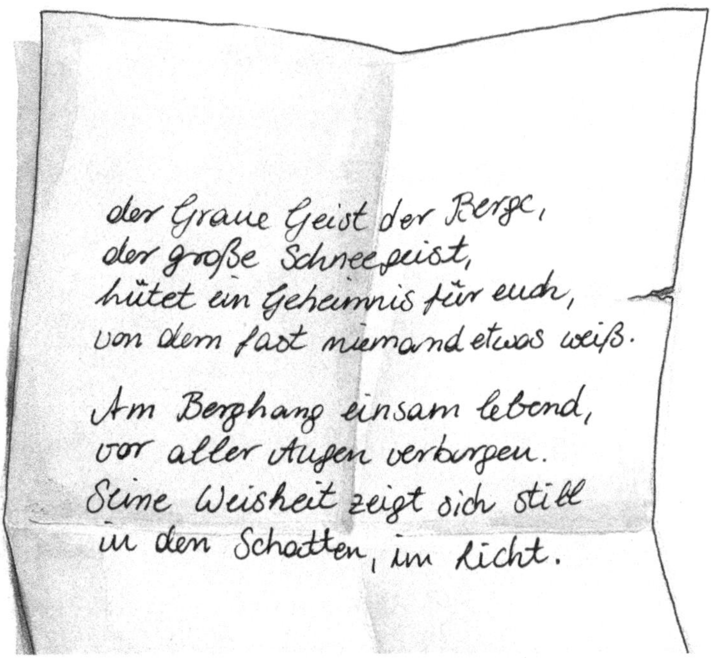

der Graue Geist der Berge,
der große Schneegeist,
hütet ein Geheimnis für euch,
von dem fast niemand etwas weiß.

Am Berghang einsam lebend,
vor aller Augen verborgen.
Seine Weisheit zeigt sich still
in den Schatten, im Licht.

Ehe Anne den Rest vorlesen konnte, wurde sie von Tenzin unterbrochen. „Woher hast du diese Worte?“, wollte er wissen.

„Von unserer Freundin Morgan“, erwiderte

Anne. „Sie ist eine meisterhafte Geschichtenerzählerin. Genau wie Sie."

„Und sie ist eure Freundin?", hakte Tenzin noch einmal nach.

„Ja", antwortete Anne.

„Die Person, die das geschrieben hat, ist sehr weise", stellte er fest. „Ich werde euch helfen."

„Das werden Sie tun?", fragte Philipp und kam näher. Er konnte es nicht fassen, dass Anne den Mann umgestimmt hatte.

„Ja. Aber nur wenn ihr eure Aufgabe ernst nehmt und nicht einfach nur neugierig seid", ermahnte Tenzin Philipp.

„Wir nehmen sie ernst!", versicherte Philipp. „Sehr ernst!"

„Eigentlich sind wir einzig und allein deshalb hier, weil wir etwas über den Grauen Geist erfahren wollen", gestand Anne.

„Ich verstehe", sagte Tenzin. „Nun ja, vielleicht können wir sein Geheimnis ja gemeinsam ergründen. Kommt beim ersten Tageslicht wieder hierher!"

„Super! Danke!“, rief Anne.

„Ja, vielen Dank! Bis bald!“, verabschiedete sich Philipp.

Die Geschwister kletterten die Leiter hinab.

„Konntet ihr noch etwas von Tenzin erfahren?“, wollte Mina wissen.

Philipp und Anne setzten ihre Rucksäcke wieder auf.

„Wir haben ihm die Nachricht von einer Freundin gezeigt“, erzählte Anne. „Jetzt ist er bereit, uns zu helfen.“

„Morgen beim ersten Tageslicht“, ergänzte Philipp.

„Prima", freute sich Mina. „Aber jetzt müssen wir schnell nach Hause!"

„Hier entlang!", sagte Fuli.

Es dämmerte schon, als sie auf dem steilen Pfad durch das hohe Gras gingen.

Hühner stoben auseinander, als sie an einer Reihe steinerner Hütten vorübereilten. Rauch von Holzfeuern stieg in den Himmel.

„Hier wohnen wir!", verkündete Fuli und deutete auf eine Hütte, die bunter war als die anderen. Sie hatte ein rotes Dach und eine blaue Holztür.

Auf einem Schild in einem der Fenster stand: „Amas Teehaus".

„Herzlich willkommen, Philipp und Anne", sagte Mina.

Eine Schnur, an der Messingglöckchen hingen, bimmelte, als sie durch die blaue Tür die Hütte betraten.

Amas Teehaus

In Amas Teehaus war es rauchig und nicht besonders hell. Ein Holzofen und einige Öllampen tauchten den Raum in ein gemütliches Licht.

Mina und Fuli stellten ihre Körbe neben der Tür ab. Philipp und Anne ließen ihre Rucksäcke ebenfalls dort stehen und hängten ihre Anoraks an Haken an der Wand auf.

Eine Frau mit einer langen braunen Schürze kam aus der Küche.

„Ama! Wir haben neue Freunde mitgebracht!“, rief Fuli ihr entgegen. „Das sind Philipp und Anne!“

Die Frau lächelte. Ihr schwarzes Haar glänzte im Schein des Feuers.

„Herzlich willkommen, neue Freunde!“, sagte sie.

Anne presste ihre Hände aneinander. „Wir grüßen dich, Ama!“, erwiderte sie.

Ama lachte herzlich. „Und ich grüße euch! Wer seid ihr? Und wo kommt ihr her?“

„Wir heißen Philipp und Anne“, stellte Anne sie beide noch einmal vor.

„Sie sind Bruder und Schwester und kommen aus Amerika“, sagte Fuli.

„Wunderbar!“, meinte Ama. „Aber ihr seid noch so jung. Wo sind denn eure Eltern?“

Philipp räusperte sich. „Äh ... wir treffen uns morgen.“

„Sie haben uns erlaubt, einen Tag allein zu wandern“, erklärte Anne.

„Tatsächlich?“, wunderte sich Ama und

schüttelte ungläubig den Kopf. „Sie müssen großes Vertrauen in euch haben, wenn sie euch so viel Freiheit zugestehen! Bitte erlaubt mir, mich um euch zu kümmern, bis sie eintreffen!“

„Okay. Na klar. Danke“, murmelte Philipp.

„Setzt euch an einen Tisch“, bat Ama. „Wir bringen euch etwas zum Abendessen. Kommt, Mädchen, ihr könnt mir helfen.“

Die beiden Schwestern begleiteten ihre Mutter in die Küche. Philipp und Anne setzten sich an einen leeren Tisch und sahen sich im Teehaus um.

Durch den rauchigen Dunst sah Philipp Männer, die Karten spielten. Sie hatten wettergegerbte Gesichter, trugen lange Hemden und Westen und sahen aus, als kämen sie aus dem Dorf.

An einem anderen Tisch saß eine Gruppe junger Wanderer. Sie lachten und sahen sich Wanderkarten an. Neben sich hatten sie große Rucksäcke und Wanderstöcke stehen.

Ama und ihre beiden Töchter kamen mit Essen aus der Küche.

„Das ist für euch, Anne und Philipp“, sagte Fuli.

Sie stellte einen Teller mit geröstetem Brot auf den Tisch. Mina stellte kleine Schüsselchen mit Butter und Honig dazu und Ama zwei Schalen mit Linsensuppe.

„Vielen Dank“, sagte Anne.

Die Suppe erinnerte Philipp an ein Gericht, das seine Mutter zu Hause zubereitete.

Anne und er fingen an zu essen. Ama und ihre Töchter setzten sich zu ihnen.

„Ihr beide seid also zum Fest angereist?“, fragte Ama.

„Nein, eigentlich nicht“, widersprach Anne.

„Was für ein Fest?“, überlegte Philipp, während er eines der Brote mit Butter und Honig bestrich.

Doch ehe er fragen konnte, plapperte Fuli schon los: „Sie sind hergekommen, weil sie eine Geschichte über einen Grauen Geist suchen!“

„Deshalb haben wir sie zu Tenzin gebracht“, berichtete Mina. „Wir haben ihnen erzählt, dass er ein großer Geschichtenerzähler war.“

„Und Tenzin hat gesagt, dass er ihnen morgen helfen will“, fuhr Fuli fort.

„Oh? Das ist ja wundervoll“, sagte Ama. „Tenzin hat kaum noch Besuch. Es geht ihm nicht gut. Und er erzählt auch keine Geschichten mehr!“

„Warum nicht? Was hat er denn?“, fragte Anne.

„Tenzin hat ein gebrochenes Herz“, erklärte Fuli.

„Was ist denn passiert?“, wollte Philipp wissen.

„Seine Frau und seine Tochter sind letzten Winter am Fieber gestorben“, berichtete Ama. „Er konnte sie nicht rechtzeitig ins Krankenhaus bringen, weil das sehr weit weg ist." Tränen stiegen ihr in die Augen.

Philipp dachte an diesen Mann, der ganz allein in seiner Berghütte lebte. Dann dachte er daran, wie er sich fühlen würde, wenn er Anne und seine Eltern nicht mehr hätte.

„Das ist ja schrecklich", sagte er.

„Ja, das ist es", stimmte Ama ihm zu. „Und das ganze Dorf vermisst ihn. Ehe er seine Familie verloren hat, kam er jeden Tag hier im Teehaus vorbei. Er hat den alten Leuten Holz nach Hause getragen. Den Kindern hat er das Klettern beigebracht. Es ist gut, dass ihr ihn morgen besucht."

„Ich hoffe, wir können ihn ein wenig aufmuntern", meinte Anne.

„Ich auch", sagte Ama lächelnd. „Kommt mit, Mädchen, wir müssen jetzt weitermachen. Mina, du kassierst. Fuli, du räumst die Tische ab."

Mina und Fuli sprangen auf und halfen ihrer Mutter.

„Armer Tenzin", wandte Anne sich an ihren Bruder.

„Ja, wirklich“, erwiderte Philipp.

Die anderen Gäste brachen auf und bald darauf waren alle gegangen. Die Laternen gingen schon fast aus und das Feuer im Ofen war heruntergebrannt. Im Teehaus wurde es kühl.

„Philipp und Anne, da eure Eltern erst morgen herkommen, müsst ihr heute Nacht bei uns bleiben“, sagte Ama.

„Vielen Dank“, antwortete Anne.

„Die Mädchen und ich schlafen auf dem kleinen Dachboden oben. Aber dein Bruder und du könnt hier in diesem Raum schlafen. Wir werden euch Decken bringen.“

„Brauchen wir nicht, vielen Dank“, lehnte Philipp ab. „Wir haben Schlafsäcke in unseren Rucksäcken.“

„Wunderbar“, sagte Ama. „Kommt mit, Mädchen, ab ins Bett. Morgen ist ein großer Tag.“

„Das Fest!“, rief Fuli und klatschte erfreut in die Hände.

„Gute Nacht“, wünschte Mina.

Dann gingen die Mädchen mit ihrer Mutter die steilen Holzstufen hinauf zum Dachboden.

Philipp und Anne zogen ihre Wanderschuhe aus, rollten ihre Schlafsäcke aus und krabbelten hinein.

„Oh, ist das schön", murmelte Anne. „So warm und kuschelig!"

„Ja, das finde ich auch!", sagte Philipp.

„Hier ist es so friedlich und still", meinte Anne. „Keine Autos. Keine Lastwagen. Keine Computer. Kein Fernseher. Kein Radio. Kein Telefon ..."

Sie gähnte.

„Ja, es ist ein sehr friedlicher Ort“, stimmte Philipp ihr zu. Aber gleichzeitig fand er diesen Ort auch sehr traurig. Die Menschen arbeiteten so hart, trotzdem waren sie arm. Und es gab kein Krankenhaus in der Nähe.

„Was das wohl morgen für ein Fest sein mag?“, überlegte Anne und gähnte wieder.

„Morgen schlagen wir das in unserem Reiseführer nach“, schlug Philipp vor.

„Tenzin tut mir leid“, meinte Anne.

„Mir auch“, sagte Philipp.

„Morgen können wir ...“, sie sprach nicht weiter.

„Was können wir morgen?“, fragte Philipp nach.

Anne gab keine Antwort. Sie war eingeschlafen.

Philipp beendete ihren Satz leise: „Morgen können wir ihm vielleicht helfen ...“

Er machte die Augen zu. Auch er schlief sofort fest ein.

Beim ersten Tageslicht

Ein Hahn krähte.

„Wach auf, Philipp! Das erste Tageslicht ist schon da!", rief Anne.

Philipp schlug die Augen auf.

Licht schien durch die Fenster. Das Feuer war ausgegangen. Im Zimmer war es eiskalt.

Philipp wäre am liebsten in seinem Schlafsack geblieben, aber er streckte sich und stand gemeinsam mit Anne auf.

Sie zogen sich die Wanderstiefel, ihre Anoraks und Handschuhe an. Dann rollten sie ihre Schlafsäcke zusammen, verstauten sie und setzten ihre Rucksäcke auf.

Anne machte die blaue Tür auf. Dann verließen die Geschwister Amas Teehaus.

Im Morgengrauen eilten sie durch das Dorf. Philipp konnte seinen Atem in der kalten Luft sehen. Die Menschen im Dorf waren schon bei der Arbeit.

Kleine Kinder fütterten Hühner. Eine alte Frau molk eine Kuh. Einige Mädchen brachten die Schafe auf die frostige Weide.

Philipp und Anne liefen durch das hohe Gras und den steilen Pfad hinauf zu Tenzins Hütte.

Zu Philipps Überraschung stand der zerbrechlich wirkende Mann schon draußen. Er trug weder Jacke noch Schuhe oder Handschuhe.

„Guten Morgen", grüßte Tenzin. „Seid ihr bereit, diesen Hügel hinaufzuwandern?" Er deutete auf den felsigen Hang hinter seiner Hütte.

Für Philipp sah dieser Hügel eher aus wie ein hoher Berg.

„Sie meinen diesen Berg besteigen?", fragte er.

Tenzin lächelte. „Manche mögen das als Berg bezeichnen. Für mich ist es nur ein steiler Hügel."

„Was ist dort oben?", wollte Anne wissen.

„Mit etwas Glück werden wir dort den Grauen Geist sehen", erklärte Tenzin.

„Wahnsinn!", flüsterte Anne.

„Äh ... der Graue Geist ist doch nur eine Figur in einer Geschichte, oder?", versicherte sich Philipp.

„Nein, der Graue Geist ist echt", widersprach Tenzin. „Sehr echt sogar!"

„Oh ... er ist also echt", wiederholte Philipp kleinlaut.

„Kommst du damit klar?", flüsterte Anne ihm zu.

Er nickte und sah wieder zu Tenzin. „Aber brauchen Sie denn nicht etwas Wärmeres zum Anziehen?", fragte Philipp. „Oder zumindest Schuhe?"

„Ich bin mein ganzes Leben lang ohne Schuhe geklettert", erwiderte Tenzin. „Und jetzt habe ich auch keine Angst davor!"

„Aber fühlen Sie sich denn kräftig genug?", wollte Philipp wissen.

„Auf jeden Fall", bekräftigte Tenzin. „Die Nachricht, die ihr mir gestern Abend vorgelesen habt, hat Erinnerungen wachgerufen. Und die haben mir etwas von meiner Kraft zurückgebracht."

„Wie weit, denken Sie, müssen wir wandern?", erkundigte sich Philipp.

„Bis der Graue Geist uns sieht", erklärte Tenzin.

„Sie meinen, bis *wir* ihn sehen?", korrigierte Anne.

„Nein. Man findet ihn am ehesten, wenn man nicht nach ihm sucht", erläuterte Tenzin.

„Wie sucht man etwas, nach dem man nicht sucht?", überlegte Philipp.

„Es kann passieren, dass man ihn direkt ansieht, ohne ihn zu bemerken", verriet Tenzin.

„Was tut man denn dann am besten, um ihn zu finden?", fragte Anne.

„Man kann nur hoffen, zur richtigen Zeit am richtigen Ort zu sein", sagte Tenzin.

Anne lächelte. „Ah, ich verstehe."

„Ach, wirklich?", dachte Philipp.

„Gut, dann lasst uns aufbrechen", meinte Tenzin.

Er drehte sich um und lief den felsigen Hang hinter seiner Hütte hinauf.

„Bereit?", fragte Anne ihren Bruder.

„Nein. Hör zu, wir sollten ihn nicht ermutigen", beschwor Philipp sie. „Ama hat gesagt, es geht ihm nicht gut. Zudem ist er nicht warm genug angezogen und er redet wirres Zeug. Wir müssen ihn aufhalten."

„Wie denn?", wollte Anne wissen.

„Ich weiß es auch nicht", gestand Philipp. Dann rief er: „Tenzin!"

Tenzin drehte sich um und winkte ihnen zu. „Lasst eure Rucksäcke neben meiner Haustür stehen und folgt mir in größere Höhen!", rief er ihnen zu.

Dann lief er weiter den Hang hinauf.

„Oh Mann!", sagte Philipp. „Was sollen wir denn jetzt tun?"

„Warte mal. Hat er eben gesagt *in größere Höhen*?", fragte Anne. Sie zog Morgans Nachricht aus der Tasche und las vor:

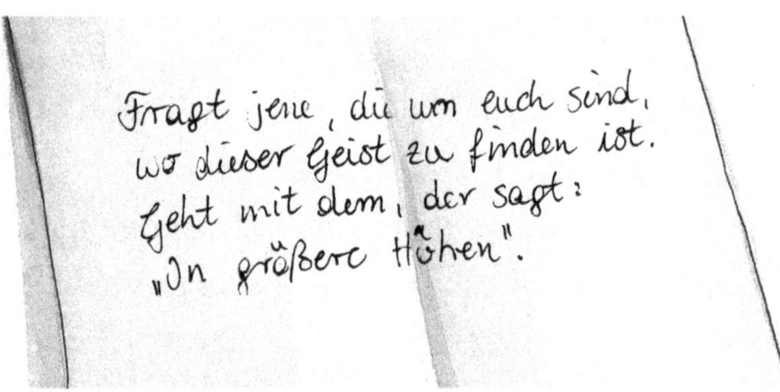
Fragt jene, die um euch sind,
wo dieser Geist zu finden ist.
Geht mit dem, der sagt:
„In größere Höhen".

„Es stimmt! Tenzin hat Morgans Worte gesagt“, rief Anne. „Er hat wortwörtlich gesagt: *folgt mir in größere Höhen.*“

„Wahnsinn!“, flüsterte Philipp.

„Dann müssen wir ihm folgen!“, drängte Anne. „Wir haben gar keine andere Wahl.“

Philipp holte tief Luft. „Du hast recht“, sagte er.

Die beiden stellten ihre Rucksäcke neben Tenzins Haustür und kletterten den Hang hinauf, um Tenzin in größere Höhen zu folgen.

Yak und Murmeltier

Tenzin lief zügig den hohen Hügel hinauf. Barfuß sprang er von Stein zu Stein und über die dunklen Spalten zwischen den Felsen.

„Er ist so schnell!“, rief Anne.

„Ja“, erwiderte Philipp. „Wir müssen ihn einholen!“

Aber Tenzin einzuholen, war gar nicht einfach. Philipp rutschte auf einigen lockeren Steinen aus und wäre fast hingefallen.

„Philipp!“, rief Anne. „Ist alles in Ordnung?“

„Na klar“, sagte Philipp und kam wieder auf die Füße. „Komm, gehen wir weiter!“

Anne hielt ihn zurück. „Oh, warte mal! Sieh nur.“

Sie deutete auf ein seltsam aussehendes Tier, das über einen Felsvorsprung lief. Es hatte lange gebogene Hörner.

„Was ist das denn?“, wunderte sich Philipp.

„Das ist ein Steinbock“, antwortete Anne. „Eine Art wilde Bergziege.“

„Wie cool!“, fand Philipp.

Hinter einem großen Felsen traten noch mehr Steinböcke hervor. Die Geschwister beobachteten, wie die Tiere leichtfüßig über Felsen kletterten und schließlich auf einem tiefer gelegenen Vorsprung verschwanden.

„Und sieh mal, dort drüben steht ein Yak!“, sagte Anne.

„Ein Yak?“, wiederholte Philipp.

„Genau“, bestätigte Anne.

Sie zeigte auf ein Tier, das fast am Fuß des Hangs stand. Es hatte ebenfalls Hörner und langes, zotteliges dunkles Fell.

„Ich habe schon immer mal ein Yak sehen wollen!“, erzählte Anne. „Wusstest du, dass Yaks auch als Haustiere gehalten werden, wie bei uns Kühe?“

Philipp schüttelte den Kopf. „Nein, wusste ich nicht. Du weißt wirklich eine Menge über Tiere, Anne!“

„Nicht genug“, erwiderte sie. „Eigentlich weiß ich immer nur wenig über eine Menge Tiere.“ Sie drehte sich wieder um. „Schau mal! Ich sehe Tenzin schon fast nicht mehr!“

„Tenzin! Warte!“, schrie Philipp.

Aber Tenzin schien ihn nicht zu hören.

„Wir müssen ihn einholen!“, meinte Philipp entschlossen.

Die beiden kletterten über Kiesel und Felsen. Der Aufstieg wurde noch mühsamer, weil der Hang immer steiler wurde.

Hier lag schon Schnee und ein kalter Wind wehte ihnen entgegen.

Es wurde immer kälter.

„Warte mal, Philipp. Sieh doch!“, sagte Anne.

Sie deutete auf ein weiteres Tier. Es war klein, rundlich und hatte graubraunes dichtes Fell.

„Ein Eichhörnchen?“, fragte Philipp.

„Ein Murmeltier“, korrigierte Anne ihren Bruder. „Sie sind die dicken Verwandten der Eichhörnchen.“

„Cool!“, fand Philipp. „Aber wir können nicht so oft stehen bleiben, okay? Sonst verlieren wir Tenzin aus den Augen!“

„Okay“, stimmte Anne ihm zu.

„Wir müssen schneller gehen!“, drängte Philipp.

Er überholte Anne und kletterte schneller.

Zu schnell!

Auf einem vereisten Stein glitt er aus und fiel hin. Der Stein geriet ins Rutschen und löste eine Steinlawine aus. Immer mehr Steine gerieten ins Rutschen – direkt auf Anne zu!

Anne sprang aus dem Weg, aber sie stolperte und fiel ebenfalls hin. So schnell sie konnte, krabbelte sie auf Händen und Knien über den Schnee. Sie suchte Schutz hinter einem Felsen, während noch mehr Steine den Abhang hinunterpolterten.

„Anne!“, schrie Philipp.

„Mir geht es gut!“, rief Anne zurück. „Und dir?“

„Mir auch!“, antwortete Philipp.

Als die Steinlawine vorüber war, spähte Anne hinter ihrem Stein hervor. „Alles klar?“, rief sie nach oben.

„Alles klar!“, rief Philipp zurück.

Anne lief rasch zu ihm hinauf.

„Tenzin hat bestimmt nicht gemerkt, dass wir hingefallen sind“, vermutete Anne. „Ich kann ihn nicht mehr sehen!“

„Ich auch nicht!“, sagte Philipp. „Oh Mann, dieses Tempo kann er doch unmöglich beibehalten. Er muss doch auch bald mal Pause machen. Vielleicht wartet er dort oben auf dem Bergrücken!“

Philipp deutete auf einen schmalen Grat weiter oben.

„Wie viel höher *größere Höhen* wohl noch sind?“, rätselte Anne.

„Ich habe keine Ahnung“, erwiderte Philipp. „Komm, wir gehen weiter. Pass auf, wo du hintrittst!“

Sie setzten sich wieder in Bewegung. Als sie in die Nähe des Bergrückens kamen, rief Philipp wieder: „Tenzin!“

Diesmal kam eine Antwort: „Ich bin hier!“

Philipp seufzte erleichtert.

Die Geschwister kletterten über den Bergrücken und sahen Tenzin. Er saß auf einem Felsen und wartete auf sie. Er sah nicht im Geringsten müde aus. Nicht einmal sein Atem ging schneller!

„Geht ... geht ... es Ihnen gut?“, fragte Anne außer Atem.

„Mir geht es bestens“, antwortete Tenzin. „Und wie steht es bei euch beiden?“

„Bestens“, log Anne.

„Nein, eigentlich nicht!“, dachte Philipp.

„Ich finde, wir sollten jetzt wieder zurückgehen“, wandte Philipp sich an Tenzin. „Wir könnten uns in Amas Teehaus setzen und dort könnten Sie uns von dem Grauen Geist erzählen.“

„Bitte verzeiht mir“, bat Tenzin. „Ich fürchte, ich habe Anne und dich in Gefahr gebracht. Bitte kehrt ins Dorf zurück.“

„Ohne Sie?“, fragte Anne.

„Ja. Ohne mich. Jetzt, da ich mich auf den Weg gemacht habe, muss ich auch weitergehen. Wir sind schon so nah dran!“, erklärte Tenzin.

„Nahe an was?“, dachte Philipp und wollte schon protestieren, als Tenzin die Hand hob.

„Hört nur ...“, flüsterte er.

Philipp lauschte. Er hörte gar nichts.

Tatsächlich war es auf einmal ganz merkwürdig still. Nicht einmal der Wind war mehr zu hören.

„Er beobachtet uns!“, wisperte Tenzin. „Das spüre ich!“

Philipp lief es eiskalt den Rücken runter.

„Wer beobachtet uns?“, wollte Anne wissen.

Plötzlich ertönte oben auf dem Berg ein durchdringender Schrei.

Riesige Pfoten

„Was war das?“, flüsterte Philipp verängstigt.

„Ich muss gehen!“, meinte Tenzin.

„Wohin?“, fragte Philipp. „Wieder nach unten?“

Aber Tenzin war schon aufgesprungen und lief bereits über den verschneiten Hang weiter nach oben.

„Tenzin! Warten Sie!“, rief Anne ihm hinterher. „Wir kommen mit!“

„Nein, Anne! Bleib stehen!“, bat Philipp.

Sie blieb stehen.

„Was war das eben für ein Schrei?“, fragte er mit zittriger Stimme.

„Keine Ahnung. Bleib du hier. Ich komme zurück und erzähle es dir!“, sagte Anne und eilte hinter Tenzin den Berg hinauf.

Philipp erstarrte. Sein Herz schlug wie wild. Wer hatte da geschrien? Der Graue Geist? Er wollte vor dem Schrei weglaufen – nicht darauf zu!

Tenzin und Anne waren gerade noch zu sehen. Philipp wollte auf gar keinen Fall, dass ihnen etwas passierte – keinem der beiden.

„Wartet! Ich komme auch mit!“, schrie er.

Anne wartete.

Philipp kraxelte über die Felsen und holte sie ein.

„Wir müssen zurückgehen“, beschwor er sie. „Sofort!“

„Und Tenzin zurücklassen?“, fragte Anne.

„Nein! Das geht auf gar keinen Fall!“, bestätigte Philipp. „Wir müssen ihn einholen und ihn dann davon überzeugen, mit uns zu kommen!“

Sie blickten den verschneiten Abhang hinauf.

„Er ist schon wieder verschwunden“, sagte Anne. „Wie macht er das?“

„Er ist eben ein Profikletterer“, bemerkte Philipp. „Aber wieso jagt er diesem Schrei hinterher? Was war das?“

„Ich ... ich weiß es auch nicht ... vielleicht war es der Graue Geist?“, vermutete Anne.

Auf einmal sah auch sie ein wenig verängstigt aus.

Philipp holte tief Luft. Ihm war klar, dass er jetzt mutig sein musste – für Anne und für Tenzin. „Keine Sorge“, beruhigte er sie. „Wir suchen jetzt einfach nach Tenzin. Es wird alles gut. Gehen wir!“

Philipp und Anne machten sich auf den Weg nach oben. Ihre Schuhe knirschten im Schnee. Unterwegs sahen sie keine Spur von Tenzin.

„Hey, guck mal!“, sagte Anne.

Sie deutete nach unten: Im Schnee vor ihnen sah man Abdrücke.

„Sind die Abdrücke von Tierpfoten?“, fragte Philipp.

„Ja“, bestätigte Anne.

„Die sind ja riesig!“, stellte Philipp fest. „Von welchem Tier die wohl sind?“

„Auf jeden Fall von einer Art Katze“, entschied Anne.

„Dann aber eine echt riesige Katze, oder? So was wie ein Tiger oder ein Löwe?“, fragte Philipp.

„Kein Löwe“, überlegte Anne, „die leben nur in Afrika. Aber vielleicht ein Tiger ...?“

Philipp holte tief Luft. „Was auch immer es ist, es ist richtig, richtig groß!“

„Große Katzen können für Menschen gefährlich werden“, erklärte Anne. „Was, wenn diese Katze Tenzin vor uns findet?“

Eigentlich wäre Philipp am liebsten sofort zurück ins Tal gelaufen. Aber jetzt machte er sich mehr Sorgen um Tenzin als um sich selbst.

„Dann müssen wir ihn eben vor der großen Katze finden!“, beschloss er.

„Okay“, stimmte Anne ihm zu.

Sie kletterten weiter den verschneiten Hang nach oben.

„Sieh mal hier ... noch mehr Spuren!“, meinte Anne. „Sie führen in diese Richtung!“

Sie wandten sich nach rechts.

„Dort sind auch noch Spuren!“, rief Philipp.

„Wo?“, fragte Anne.

„Da drüben!“, sagte Philipp.

Sie folgten den Spuren.

Auf einmal blieb Anne stehen. „Wahnsinn!“, flüsterte sie.

Philipp untersuchte den Boden nach weiteren Spuren.

„Ich kann es kaum glauben!“, murmelte Anne mit Ehrfurcht in der Stimme.

„Was denn? Noch mehr Spuren?“, wollte Philipp wissen.

„Siehst du sie denn nicht?“, erwiderte Anne.

Philipp schaute sich um und sah nichts Besonderes: nur Felsen, Steine, Schnee.

„Nein, was denn? Und wo?“, fragte er.

„Dort!“ Sie zeigte zu Tenzin.

„Du schaust die beiden direkt an!“, sagte Anne.

„Die beiden?“, wiederholte Philipp.

In diesem Moment bewegte sich etwas und knurrte leise.

Eine sehr, sehr große Katze starrte Anne und Philipp direkt an.

Das Tier war aber kaum zu erkennen und verbarg sich vor aller Augen. Das grau-weiß gefleckte Fell verschmolz perfekt mit den weiß-grauen Felsen.

Die Katze hatte einen großen Kopf und riesige Pfoten. Der buschige Schwanz war fast so lang wie ihr Körper und sie hatte ihn um Tenzin geschlungen.

Philipp wäre beinahe ohnmächtig geworden.

„Ein Schneeleopard“, flüsterte Anne leise. „Niemand sieht je einen Schneeleoparden!“

„Leopard?“, dachte Philipp entsetzt. Hatte der Leopard Tenzin etwa verletzt? „Tenzin! Geht es Ihnen gut?“

„Macht euch keine Sorgen. Bei meinem Freund hier bin ich gut aufgehoben!“, antwortete Tenzin. „Ihr seid auch in Sicherheit. Er ist euch dankbar dafür, dass ihr uns wieder zusammengeführt habt. Kommt ruhig näher!“

Philipp und Anne kletterten über die Felsen und kamen näher an den Schneeleoparden heran.

Die große Katze rührte sich nicht, sondern starrte Philipp und Anne mit ihren hellen grünen Augen einfach nur an.

„Er ist dein Freund?“, hakte Philipp nach.

„Ja“, erwiderte Tenzin. „Wir sind alte Freunde.

Jetzt hat *er* mich wiedergefunden ... Nicht *ich* habe ihn gefunden."

„Oh", sagte Anne, „jetzt verstehe ich das."

„Was?", fragte Philipp ratlos.

Anne lächelte ihn an. „Der Schneeleopard. Er ist der Graue Geist!"

Der Graue Geist

„Moment“, sagte Philipp verblüfft, „der Graue Geist ist ein Leopard und Ihr Freund?“

„So ist das“, bestätigte Tenzin. „Schneeleoparden nannte man früher, als ich jung war, Graue Geister. Für uns waren sie die Hüter der Berge.“

Der Schneeleopard rieb seinen Kopf sanft an Tenzins Gesicht. Seinen langen, buschigen Schwanz hatte er um den Mann geschlungen.

„Ich glaube, jetzt behütet er dich“, sagte Anne.

„Ja, das tut er“, bestätigte Tenzin. „Ich habe ihm von meinen Sorgen erzählt.“

„Das ist wirklich unglaublich!“, fand Anne. „Wann haben Sie ihn das erste Mal getroffen?“

„Das war vor vielen Jahren. Immer wenn ich allein klettern war, ist er aufgetaucht“, erzählte Tenzin. „Irgendwann haben wir dann nebeneinandergesessen und uns die Welt von oben angesehen. Aber ich habe ihn nicht mehr getroffen, seit …“ Er senkte den Blick. „Seitdem ich meine Familie verloren habe.“

Der Schneeleopard bewegte sich immer noch nicht, sondern starrte Anne und Philipp eindringlich an. Philipp erinnerte sich an einige Worte von Morgans Nachricht:

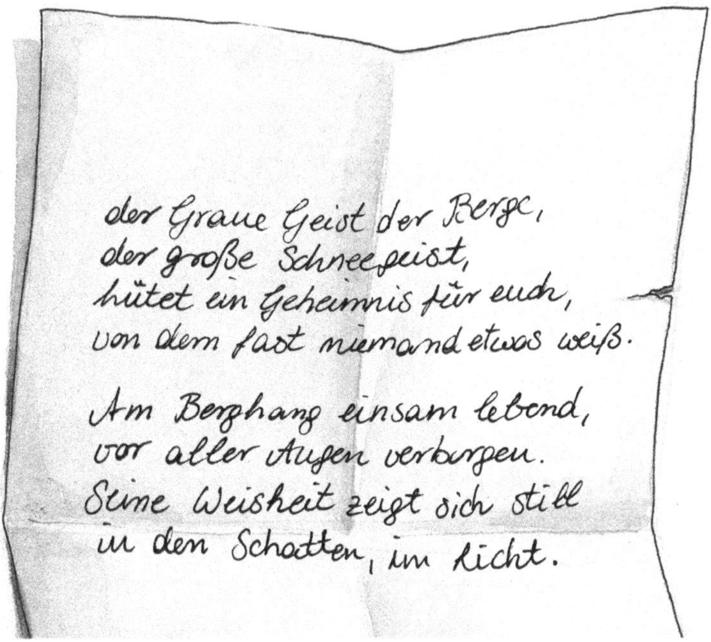

Philipp blickte der großen Katze in deren unergründliche grüne Augen. Er sah ganz genau hin und versuchte, das Geheimnis darin zu verstehen.

Der Schneeleopard erwiderte seinen Blick. Philipp spürte, wie stark und sanft er war. Aber das Geheimnis fand er nicht heraus.

Wieder rieb die große Katze ihren Kopf an Tenzins Gesicht. Dann stand sie auf und sprang vom Felsen hinab.

Der Schneeleopard schien zu fliegen. Er sprang den Berg hinauf und war schon bald nicht mehr zu sehen.

„Auf Wiedersehen!“, rief Anne ihm hinterher.

„Wartet“, sagte Tenzin, „gleich wird er uns auch auf Wiedersehen sagen.“

„Meinen Sie, dass er noch mal zu uns zurückkommt?“, fragte Anne.

„Nein, aber schaut mal nach oben, meine Freunde.“ Er zeigte den Berg hinauf.

Dort hockte der Schneeleopard auf einem Felsen. Sein Fell verschmolz beinahe mit dem Grau des Berges und der Wolken. Er schaute zu ihnen herab.

Philipp war überrascht. „Wie ist er so schnell dort hinaufgekommen?“, überlegte er.

Es war fast, als ob er erst verschwunden und dann wieder aufgetaucht wäre.

Tenzin lachte. „Er zeigt sich immer gern ein letztes Mal!“

„Ich grüße ihn!“, murmelte Anne und senkte den Kopf.

„Ich auch!“, flüsterte Philipp und senkte ebenfalls den Kopf.

Als sie aufblickten, war der Schneeleopard auf einmal verschwunden. Er war genauso schnell wieder weg, wie er aufgetaucht war.

Anne wandte sich an Tenzin: „Vielen Dank, dass Sie uns geholfen haben, den Grauen Geist zu finden!“

„Und ich danke euch, dass ihr mir die Nachricht von eurer Freundin Morgan gezeigt habt", erwiderte Tenzin.

Er sprang auf die Füße und streckte die Arme zur Seite. Er sah so viel jünger und kräftiger aus.

„Dieser Tag hat wunderbar angefangen!", sagte er zufrieden. „Lasst uns zurück zu den anderen gehen!"

Tenzin begann abzusteigen und Anne und Philipp folgten ihm. Es war jetzt auf einmal viel einfacher, ihm zu folgen, als vorher. Anne und Philipp blieben dicht hinter ihm. Sobald er zu weit voraus war, wartete er auf sie.

Als sie wieder an Tenzins Hütte angelangt waren, hatten sich die Wolken verzogen und es war wärmer geworden.

„Kommt, wir gehen runter ins Dorf!", schlug Tenzin vor.

„In Ordnung!", stimmte Philipp zu.

Anne und er nahmen ihre Rucksäcke wieder und setzten sie auf. Als sie sich umdrehten, sahen sie, dass Tenzin schon auf dem Pfad hinab ins Dorf vorausgegangen war.

„Warten Sie auf uns, Tenzin!", rief Anne.

Tenzin schien sie nicht zu hören. Er ging weiter.

„Tenzin!", rief Philipp, als sie losliefen, um ihn einzuholen.

Kurz vor dem Dorf blieb Tenzin stehen. „Schaut mal runter!", sagte er aufgeregt.

„Wahnsinn!", flüsterte Anne.

Auf einmal sah alles ganz anders aus. Das Bergdorf war überhaupt nicht mehr düster.

Das Fest

Freudenfeuer brannten überall. Rote Flammen züngelten in den Himmel.

Es waren weitere Reisende angekommen. Wanderer trugen Rucksäcke auf dem Rücken und Wanderstöcke in den Händen. Sie beobachteten die Dorfbewohner, die Trommeln schlugen und um die Feuer tanzten. Viele der Tänzer trugen leuchtende rote und lilafarbene Kleidung.

„Das Fest hat begonnen!“, rief Tenzin.

„Was ist das für ein Fest?“, fragte Philipp.

„Es ist das Fest der Farben!“, erklärte Tenzin.

Als sie näher kamen, sah Philipp, dass die Leute hier alle bunte Gesichter hatten.

„Schau sie dir an!“, rief Anne.

Jeder hatte viele leuchtende Farben im Gesicht: Rosenrot! Himmelblau! Zitronengelb! Grasgrün!

„Tenzin! Philipp! Anne!“ Mina, Fuli und Ama riefen nach ihnen und kamen herbeigelaufen. Auch sie hatten bunte Gesichter.

Ama schüttete blauen Puder über Tenzin, Anne und Philipp. Mina bewarf sie mit rotem und lilafarbenem Puder und Fuli mit gelbem und orangefarbenem.

Schon bald waren auch ihre Gesichter und ihre Kleidung leuchtend bunt. Alle lachten und waren fröhlich – ganz besonders Tenzin.

„Eure Gesichter sind bunt wie ein Regenbogen", sagte er zu Anne und Philipp.

„Ihres ebenfalls!“, erwiderte Anne.

„Wir sind so froh, dass ihr da seid!“, meinte Mina. „Ama hatte sich schon Sorgen gemacht!“

„Wo warst du denn, Tenzin?“, fragte Ama. „Wir sind bei dir an der Hütte gewesen, aber du warst nicht da. Philipp und Anne konnten wir auch nirgendwo finden!“

„Ich hatte die beiden zu einer Wanderung mitgenommen“, erklärte Tenzin. „Um mich musst du dir künftig keine Sorgen mehr machen, Ama. Ich bin jetzt wieder bereit, mein Leben zu leben."

Ama lächelte und ihre Augen leuchteten. „Das sind die allerbesten Neuigkeiten, die ich mir wünschen kann!"

„Komm mit, Tenzin!", lachte Fuli und ergriff seine eine Hand, Mina nahm ihn an der anderen. Dann zogen die beiden ihn in die Menge.

„Kommt auch mit, Philipp und Anne!", rief Fuli ihnen über die Schulter zu.

Als Philipp und Anne über die Wiese gingen, gesellte Ama sich zu ihnen. „Was ist denn mit

Tenzin passiert?", fragte sie. „Wie habt ihr es geschafft, ihm zu helfen?"

„Wir haben gar nichts getan", antwortete Philipp.

„Wir sind einfach nur hinter ihm den Berg hinaufgestiegen", ergänzte Anne.

„Er ist ein toller Bergführer", lobte Philipp. „Obwohl es nicht immer leicht war, mit ihm mitzuhalten!"

„Mehr habt ihr nicht getan?", fragte Ama.

Philipp und Anne wechselten einen kurzen Blick und Philipp schüttelte leicht den Kopf. Er wollte ihre Geschichte vom Grauen Geist nicht erzählen. Das war Tenzins Geschichte.

Anne verstand, was ihr Bruder meinte.

„Genau, das ist mehr oder weniger alles!", bestätigte Anne.

„Wir sind ihm einfach nur hinterhergelaufen", sagte Philipp und zuckte mit den Schultern, als ob Tenzins Wandlung auch für ihn ein ungelöstes Geheimnis wäre.

Ama lachte. „Ist auch egal, was ihr gemacht

habt. Er ist auf jeden Fall glücklich. Vielleicht nimmt er jetzt ja sogar sein altes Leben wieder auf!“

„Ganz bestimmt!“, sagte Philipp und war in diesem Moment ebenfalls glücklich. Er war dankbar, dass Anne und er nach Nepal und in dieses Dorf gekommen waren.

„Sind eure Eltern schon zum Fest gekommen?“, fragte Ama. „Habt ihr sie schon gesehen?“

Philipp und Anne taten so, als ob sie auf dem Feld voller Tänzer und Menschen mit bunten Gesichtern nach ihrem Vater und ihrer Mutter Ausschau halten würden.

Philipp wünschte sich, dass seine Eltern tatsächlich auf dem Fest der Farben sein könnten. Er stellte sich vor, wie sie lachten und jede Minute genießen würden. Seine Eltern mochten Feste und Feiern: Weihnachten, Ostern, Pfingsten und Erntedank.

Anne schien das Gleiche zu denken. Sie wandte sich an Ama: „Wir haben verabredet, dass wir uns zu Mittag am Fluss treffen. Sie wissen gar nichts

von dem Fest und wir hatten vor, gemeinsam eine Wanderung zu unternehmen."

Ama lachte. „Wenn ihr sie trefft, werden sie sicherlich überrascht sein von euren bunten Gesichtern. Ich hoffe, ihr werdet sie mit hierherbringen. Aber falls nicht, wünsche ich euch eine wunderschöne Wanderung. Ich glaube, die Sonne kommt bald raus!"

„Vielen Dank, dass Sie sich um uns gekümmert haben!", sagte Philipp.

„Kommt her und verabschiedet euch von Anne und Philipp!", rief Ama ihren Töchtern und Tenzin zu. „Sie müssen gehen, um sich mit ihren Eltern zu treffen."

„Oh nein!", bedauerte Fuli.

Sie und Mina rannten zu Anne und Philipp und sie umarmten einander.

Tenzin grinste breit. Dann legte er seine Hände aneinander und senkte den Kopf.

Anne und Philipp verbeugten sich vor ihm. Anschließend verbeugten sie sich vor Ama und ihren Töchtern.

„Vielen Dank für alles!“, sagte Philipp.

„Wir vermissen euch jetzt schon!“, fügte Anne hinzu und warf allen einen Luftkuss zu.

Mina und Fuli warfen Küsse zurück.

Dann verließen Philipp und Anne die Wiese und bogen auf den Pfad. Sie gingen bis zum Fluss und dann zurück zum Tannenwäldchen.

Philipp und Anne kletterten die Strickleiter nach oben und betraten das magische Baumhaus.

Die Schönheit des Regens

Philipp und Anne standen am Fenster und blickten hinab auf das Fest.

„Da sind Ama, Mina und Fuli“, sagte Anne, „ich kann sie tanzen sehen!“

„Sieh nur, Tenzin tanzt auch“, rief Philipp.

Sie lachten beide.

„Hey, Tenzin ist ein echt guter Tänzer!“, meinte Anne.

„Warte mal“, bat Philipp. Er kramte in seinem Rucksack und holte den Reiseführer heraus. Im Anhang suchte er nach „Fest der Farben“. Dann las er vor:

> In Nepal gibt es jedes Jahr mehr als fünfzig Feste. Eines der bekanntesten hinduistischen Feste ist „Holi“. Es wird auch „Fest der Farben“ genannt, weil die Menschen einander mit buntem Puder und Wasser bewerfen.

„Holi“, wiederholte Philipp und las weiter:

> Mit „Holi“ feiert man das Ende des Winters und den Anfang des Frühlings. Die Menschen feiern Schönheit, die Liebe zu ihren Freunden und der Familie und den Neubeginn.

„Das klingt perfekt“, fand Anne. „Tenzin beginnt neu!“

„Das stimmt“, bekräftigte Philipp. „Komm, wir gehen auch wieder nach Hause zu Mama und Papa.“

Er griff nach dem Pennsylvania-Buch und deutete auf das Bild von Pepper Hill. „Ich wünschte, wir wären dort“, sagte er.

Die Geschwister warteten darauf, dass Wind aufkam und das Baumhaus anfing, sich zu drehen.

Doch nichts geschah.

„Was ist los?“, fragte Philipp.

„Ich weiß es nicht“, antwortete Anne.

Sie zog die Nachricht von Morgan hervor und las sie noch einmal.

„Oh nein!“, rief sie dann. „Wir haben ja gar nicht das Geheimnis des Schneeleoparden herausgefunden! Und deshalb konnten wir es natürlich auch nicht für Morgan aufschreiben.“

„Oh Mann!“, stöhnte Philipp. „Das stimmt! Vielleicht kann Tenzin uns das Geheimnis verraten. Auf jeden Fall müssen wir zurück!“

Sie schauten wieder aus dem Fenster.

„Tanzt er noch?“, fragte Anne.

„Ja!“, erwiderte Philipp. „Gehen wir hin und fragen ihn!“

„Halt!“, rief Anne plötzlich. „Sieh nur! Schau dort nach oben, Philipp! Erkennst du ihn auf dem Felsen?“

„Wen?“, fragte Philipp.

„Den Grauen Geist“, flüsterte Anne.

Er schaute hinauf zum Felsen und hielt die Luft an.

Der Schneeleopard saß dort allein und beobachtete das Fest der Farben aus *größerer Höhe*. Wieder verbarg er sich vor aller Augen und war kaum zu erkennen.

„Jetzt sehe ich ihn auch“, flüsterte Philipp.

In diesem Moment war der Schneeleopard tatsächlich der Hüter der Berge. Der Hüter von Felsen und Feuer, von Winter und Frühling. Der Hüter von Tenzin, Ama, Mina und Fuli, des gesamten Dorfes – sogar der Reisenden und auch von Philipp und Anne. Die Sonne brach durch die Wolken und ihre funkelnden Strahlen fielen auf den Schneeleoparden.

Das Leuchten des Schneeleoparden entzündete einen Funken in Philipp und ihm wurde etwas klar.

„Jetzt weiß ich es“, flüsterte er. „Das ist sein Geheimnis!“

„Schreib es schnell auf“, drängte Anne.

Philipp holte sein Notizbuch raus und kritzelte einige Worte hinein.

„Ich sehe ihn nicht mehr“, meinte Anne. „Du?“

Philipp schaute nach oben. Der Schneeleopard war verschwunden. „Nein“, erwiderte er. „Aber ich glaube, ich kenne sein Geheimnis. Ich wusste es auf einmal, als ich ihn angeschaut habe. Willst du es wissen?“

„Ja, klar! Aber lass uns zuerst ausprobieren, ob das Baumhaus uns jetzt nach Hause bringt“, schlug Anne vor.

Philipp nahm das Pennsylvania-Buch noch einmal in die Hand, schlug es auf und deutete auf das Bild von Pepper Hill.

„Ich wünschte, wir wären dort“, sagte er. „Zu Hause!“ Philipp hielt den Atem an.

Wind kam auf.

„Es klappt!“, jubelte Philipp.

„Du kennst es wirklich!“, staunte Anne.

Das Baumhaus fing an, sich zu drehen.

Es drehte sich schneller und immer schneller.

Dann war alles wieder still.

Totenstill.

Im Wald von Pepper Hill regnete es immer noch.

Philipp und Anne trugen jetzt wieder ihre gelben Regenjacken und ihre Gummistiefel. Die roten Rucksäcke waren verschwunden.

„Dein Gesicht ist wieder sauber“, stellte Anne fest.

„Deins auch“, erwiderte Philipp. „Kein Regenbogen mehr!“

„Jetzt sag schon, was du für Morgan aufgeschrieben hast“, wollte Anne wissen.

Philipp griff in die Tasche seiner Regenjacke. Sein Notizbuch war da. Er zog es hervor und las, was er aufgeschrieben hatte.

„Das klingt auf einmal so schlicht“, meinte er mit gerunzelter Stirn.

„Lies es mir mal vor“, bat Anne.

Philipp las vor:

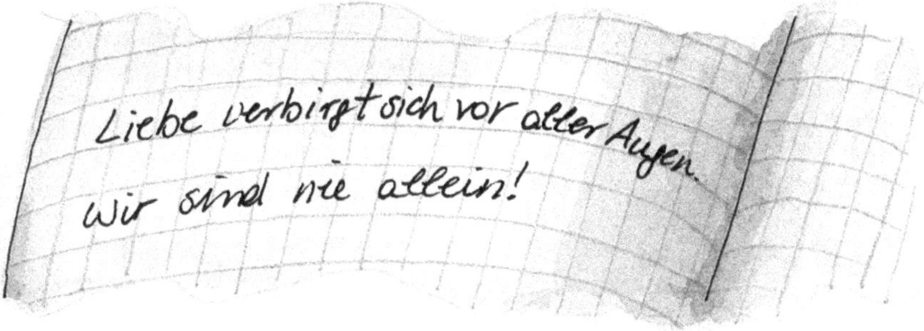

„Wahnsinn!“, staunte Anne. „Das klingt vielleicht schlicht, aber es hat echte Tiefe!“

„Findest du?“, fragte Philipp.

„Ja“, versicherte Anne. „Und Tenzin ist der Beweis dafür.“

„Wieso das?“, wunderte sich Philipp.

„Na ja. Nachdem er seine Familie verloren hatte, fühlte er sich allein und hat sich zu Hause verkrochen“, erklärte Anne. „Aber Morgans Nachricht hat ihn ermutigt, auf den Berg zu klettern. Er hat seinen alten Freund, den Schneeleoparden, wieder getroffen. Den Hüter der Berge. Der hat

Tenzin daran erinnert, dass er die ganze Zeit über da gewesen ist, dass Liebe uns umgibt und beschützt. Auch wenn wir das nicht immer erkennen."

Philipp nickte nachdenklich. „Okay ..."

„Und erinnerst du dich, wie fröhlich er auf dem Fest getanzt hat? So glücklich darüber, dass er von Menschen umgeben ist, die ihn lieben?", fragte Anne. „Auch deren Liebe war immer da, selbst wenn er ganz allein in seinem Haus war. Er hatte das nur für eine Weile vergessen."

„Stimmt", sagte Philipp. „Das hat wirklich echte Tiefe!"

Er riss die Seite aus seinem Notizbuch und legte sie für Morgan auf den Fußboden.

„Komm, jetzt gehen wir nach Hause zu Mama und Papa", drängte Anne und kletterte die Strickleiter hinunter.

Philipp kletterte hinter ihr. Dann liefen die beiden durch den Wald, wobei ihre Stiefel bei jedem Schritt schmatzende Geräusche auf dem nassen Boden machten.

„Der Regen ist so schön!“, fand Anne.

„Du hast recht“, sagte Philipp.

Und zu seiner eigenen Überraschung meinte er das ganz ernst. Auch die nassen winterlichen Bäume waren schön. Jeder graue Zweig, jedes braune Blatt. Durch den Regen kam das Leben zurück und alles würde wieder grün werden!

Philipp und Anne traten aus dem Wald von Pepper Hill und gingen auf dem Bürgersteig weiter zu ihrem Zuhause.

„Wäre es nicht schön, wenn wir Mama und Papa von unserer Reise erzählen könnten?“, fragte Anne.

„Stell dir das nur mal vor", sagte Philipp. „Hallo, Mama, hallo, Papa, Anne und ich haben einen kleinen Spaziergang bis nach Nepal gemacht! Dort haben wir uns mit Mina, Fuli, Ama und Tenzin angefreundet ..."

„... und mit einem Schneeleoparden, den man den Grauen Geist nennt", ergänzte Anne, „er ist der Hüter der Berge."

„Wir haben in Schlafsäcken in einem Teehaus übernachtet und Linsensuppe gegessen, die ganz genau wie deine geschmeckt hat, Mama!"

Anne lachte. „Und wir waren auf einem Frühlingsfest, auf dem die Leute sich mit farbigem Puder beworfen haben", zählte sie weiter auf. „Auch uns!"

„Mama und Papa, ihr hättet dieses Fest toll gefunden!", sagte Philipp. „Und mit uns zu wandern auch!"

„Und unsere neuen Freunde hättet ihr bestimmt auch gemocht – ganz besonders den Schneeleoparden! Es wäre wirklich schön gewesen, wenn ihr das alles mit uns gemeinsam erlebt hättet!“, fand Anne.

„Das wäre wirklich sehr schön gewesen!“, bekräftigte Philipp.

Ohne ein weiteres Wort rannten die beiden den Bürgersteig entlang.

Sie rannten durch den wunderbaren Regen nach Hause.

Mary Pope Osborne lernte schon als Kind viele Länder kennen. Mit ihrer Familie lebte sie in Österreich, Oklahoma, Florida und anderswo in Amerika. Nach ihrem Studium zog es sie wieder in die Ferne und sie reiste viele Monate durch Asien. Schließlich begann sie zu schreiben und ist damit außerordentlich erfolgreich.
Bis heute sind schon über hundert Bücher von Mary Pope Osborne erschienen. *Das magische Baumhaus* ist in den USA und in Deutschland eine der beliebtesten Kinderbuchreihen.

Petra Theissen, 1969 geboren, studierte nach dem Abitur Grafikdesign an der Fachhochschule in Münster. Seit Abschluss ihres Studiums ist sie als freie Werbe- und Kinderbuchillustratorin tätig und mag mit niemandem tauschen: Sie kann sich keinen schöneren Beruf vorstellen.